Cher Ludo,

Aujourd'hui, à 7 heures, le  réveil réveil a sonné.

J'ai pris le  bus pour aller à l'école.

Maman m'a acheté un nouveau  cartable et des 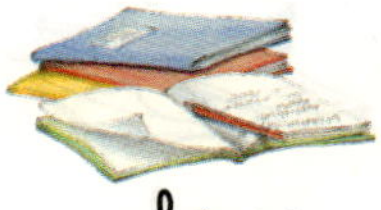 cahiers neufs. Surtout, n'oublie pas de m'envoyer les  photos de tes vacances.

Ton amie Martine

J'ai trouvé un chaton

Chère Nicole,

Figure-toi qu'hier, j'ai pris mon 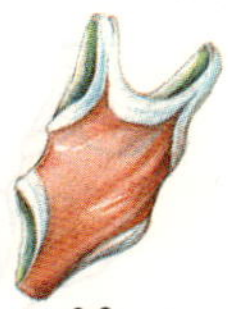 maillot de bain pour aller nager au bord de l'  étang.

Devine qui j'ai vu, confortablement installée dans le  fauteuil de la  cabane ? La chatte Grisette et quatre chatons tout mignons ! Si tu veux un petit  chat, téléphone-moi.

Papa viendra te l'apporter quand sa  voiture sera réparée.

À bientôt, Martine

Je suis guérie

Chère tante Lucie,

Je t'envoie cette  lettre pour te dire que j'ai été très malade. J'étais sortie sans  manteau dans le parc et j'ai attrapé la grippe. J'ai eu très mal à la tête, et maman a appelé le  docteur.

Il m'a prescrit des 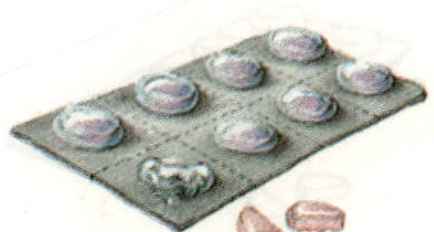 cachets et du  sirop.

Maintenant, je vais beaucoup mieux mais je ne sors pas encore de la  maison

Ta nièce Martine

J'observe les oiseaux

Cher Alexis,

Je t'écris d'un parc magnifique rempli d'oiseaux. Il pleut, mais Ludo a un grand  parapluie rigolo avec une tête de  canard. Nous sommes entrés dans une très grande  serre tropicale. Il y avait des  grues et d'autres oiseaux avec un  bec énorme. Il y en a même un qui s'est attaqué à mon  appareil photo.

Ta copine Martine

Une nuit d'orage

Ma chère Cynthia,

J'espère que tu es bien rentrée de vacances et que ton retour en  caravane s'est passé sans pr... lème.

Ici, il pleut depuis ton départ. L'autre  nuit,

il ... même ... violent orage da...  montagne. Le  ciel était rempli d'  éclairs.

J'ai eu très peur parce que Patapouf n'était pas rentré à la maison. Heureusem... le lendemain matin, il grattait à la  porte.

Ton amie Martine

Je suis à l'école des Goélands

Chère Françoise,

À l'école des Joélands, nous apprenons à naviguer en 
voilier
. Le matin, nous nous entraînons à faire des 
nœuds
de marins et nous avons des cours de navigation. Il faut bien manoeuvrer les 
voiles
pour partir du 
ponton
et être capable d'y revenir. J'ai plein de nouveaux amis. Nous logeons dans un petit 
chalet
en bois. Patapouf dort dans le garage sous une 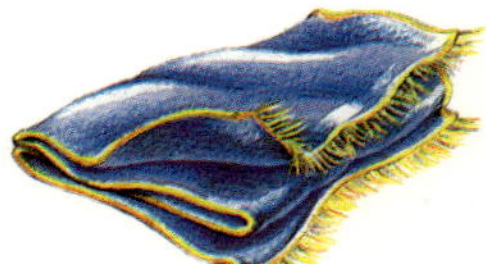
couverture
Il est très sage.

À bientôt, Martine

Cher Père Noël,

Jean et moi, nous avons bien travaillé en classe. Alors, voici ce que nous aimerions recevoir pour Noël.

À chacun, une paire de 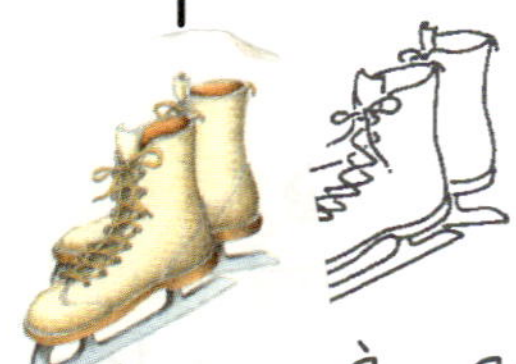 patins à glace pour glisser sur l'  étang On aimerait aussi des livres, des jeux et des  bonbons mais on te laisse choisir. Nous déposerons des  carottes pour ton  âne dans le coin de la cheminée.

Jean et Martine